별과 시

그리고 당신

콘딧 지음

FOREST
WHALE

차 례

머리말

이 시집을 지금까지 나와 함께해주었던 사람들과 내가 일어설 수 있도록 도와준 모든 이에게 바칩니다.

또한, 어떤 역경에도, 어떤 고난에도 나를 이겨낼 수 있도록 도와준 가장 소중한 존재, '별이'에게 이 시를 바칩니다.

나를 위해 힘써준 의료인과 선생님들, 가족들에게 이 시를 바치며, 이 시가 당신에게 보답이 될 수 있었으면 좋겠습니다.

마지막으로,
당신에게 이 시를 바칩니다.

첫

문

단

첫 시작은 늘 두려운 법이다
나라고 아니겠는가

모든 시작에 대한 두려움은
모든 인간이 가지고 있음을

사실 어쩌면 나조차도
망각하고 있었을지 모른다

그래서 시인에게 첫 문단은 어렵다
그래서 나에게는 첫 시작은 어렵다

첫 시작은 모두 두려운 법이다
나라고 아니겠는가

사람에게
상처받은
이에게

타인은 늘 당신에게 상처를 준다
그 누구도 믿을 수 없음을
당신은 알고 있다

그럼에도 우리는 타인을 찾는다

당신에게 상처를 준 이들에게
당신에게 아픔을 준 이들에게

아무리 당신이 무너지더라도

당신은 강한 사람이기에
새로운 도전을 할 용기가 있는 사람이기에

그렇기에 당신은
그렇기에 나는

새로운 타인을 향해 나아간다

아픔을
아는
이에게

아픔이 무엇인지 아는가
사실 이 질문에 당신이 할 답은 뻔하다

아픔을 모르는 사람이 어딨겠는가

타인에게 받은 상처도
과거에 겪은 트라우마도

어쩌면 당신이 겪은 그 모든 일이
당신에게는 아픔일지도 모른다

당연하듯이 말하는 당신은
아픔을 아는 사람이다

아픔을 아는 사람만이
사람을 위로할 수 있다

당신을
위한
시

찬란하게 밝은 달을 아시나요
당신은 일말의 순간에도
그 달이 당신을 위한 달이라는 걸
생각하지 않으셨을까요

반짝이는 바다를 아시나요
당신은 일말의 순간에도
그 바다가 당신을 품을 바다라는 걸
생각하지 않으셨을까요

당신은 생각하지 않으셨을까요
지금 그 곁에 있는 내가
당신을 위한 사람이라고

생각하지 않으셨을까요

하루를
살아가는
것은

하루를 버티다니 감사합니다
당신에게 감사합니다

오늘 하루를 살아주셔서 감사합니다
어쩌면 이 말이 내가 할 수 있는 유일한 말일지 모르
지만
어쩌면 이 말이 그저 뻔하디뻔한 말에 불과할지 모르
지만

그래도 당신은 오늘을 버텼습니다
당신의 노고에 박수를 보냅니다

소년의
우울

소년의 우울
어른들이 이해하지 못하는 이야기
그런 이야기를 소년은 그린다

홀로
홀로

그렇게 홀로 감당하는 이야기
누군가는 손을 내밀어주리라 믿은 소년은
그렇게 혼자가 되었다

소녀의
우울

한 소녀가 있었다
소녀는 우울했다

소녀는 한 소년을 도와주고 싶었지만
그럴 수 없었다

소년은 혼자였다
늘 타인의 도움을 거부했다

소년은 어른이 되려고 했지만
소녀는 어른이 되려는 소년을 막아섰다

그렇게 언젠가
소년이 이제 완전히 혼자 남은 날
소녀는 소년에게 손을 내밀었다

어른의
우울

어른이 되었기에
책임감이라는 것이 생겼다

무게가 있는 감정은 나를 짓누르고
가시가 있는 말들은 나를 찔렀다

하지만 어른이기에 버텨야 한다
어른이니까
나는 어른이니까

그렇기에 오늘도 살아내야 한다고 믿었다

언젠가
한 소녀가 소년에게 손을 내미는 것을 보고서
나는 그제야 깨달았다

어른의 우울도
누군가의 손길이 필요하다고

물
통

반 이상 들어있는 물통을 들어본다

내 머리에 한 컵 정도의 우울을 부어 보았다
차가웠으며, 외로웠다

내 마음에 두 컵 정도의 고독을 부어 보았다
싸늘했으며, 두려웠다

내 몸에 남은 모든 불안을 부어 보았다
힘겨웠으며, 무너졌다

한
숨

낮게 깔리는 한숨은
어쩌면 구름일지도 모른다

몸 깊숙한 곳에서 나온 불안과
마음 깊숙한 곳에서 나온 우울이

바닥이라는 세상에 깔리는 것을

세상에 안녕을 바라며
자신의 안녕은 바라지 않는

그런 세상에서 살아가고 있다

보
답

살아있는 것에 대해
보답할 필요가 있다

나를 위해 힘을 쓴 사람들에게
그들에게 살아있음을 어필해도

나를 위해 슬퍼한 사람들에게
그들에게 괜찮다고 말해줘도

그래도 그들에게는 내가 아픈 사람이기에
그래도 그들에게는 결국 내가 아파 보였기에

나는 살아있는 것에 대해 보답해야 하려고 한다
살아있으니까 걱정하지 말라고

4월
4일

오늘은 4월 4일이다
죽음이라는 것이 가까워진다고 생각한다

4는 불길한 숫자이자
4는 죽음을 상징하니까

4월 4일
나는 죽으려고 했다

4월 4일 4시 44분
나는 죽으려고 했다

나의 죽음이 세상에 남겨지길 바라며
그렇게 바라며
가장 인상깊은 시간에 떨어지려고 했다

그리고
노을을 보았다

따스한 노을을
나를 안아주던 유일한 존재가
노을이라는 사실에 슬퍼한다

오늘은 4월 5일이다

계절이
지남에 따라
시간이 지나면

계절이 지남에 따라
시간이 지나면

나는 그 사실에 두려울지도 모르겠다

시간의 흐름은 내일을 밀어오고
밀려온 내일은 나를 두렵게 하니

겨울은 차가웠고
여름은 따가웠다
가을은 싸늘했고
봄은 외로웠다

시간의 흐름이 불러온 계절과
내일이라는 사실에 두려워하여

오늘을 영원히 살아가고 싶은 것은
어쩌면 욕심일까

편해지고
싶은 건

하루를 사는 것이 버겁기에
편해지고 싶다고 생각했다

내일을 살아가는 것이 두렵기에
편해지고 싶다고 생각했다

편해진다는 것이
영원한 안식을 바라는 것은 아니지만
그것이 유일한 방법이기에

그렇게 생각했기에 나는 이곳에 올라섰다

도시의 전경과 사람들의 움직임
이곳에서는 모든 것이 작았고

인간의 존재가 얼마나 작은지
감탄할 지경이었다

그렇게 발을 내디뎌 보던 때
옆에 있던 거울을 보았다

삶을 포기하고
이기적이게도 모든 걸 버린 나의 모습이

거울 속 내가 나에게
후회하지 않겠느냐 물어

나는 아니라고 답하곤
내일을 살아가기로 했다

소
파

누군가가 무언가에 기댈 수 있는 것
그것은 사실 간단한 일이 아니다

사람은 늘 타인에게 기대길 거부한다
자신의 약점을 보이지 않으려고
혹은 타인에게 피해를 주지 않으려

일부로 사람들에게 기대지 않는다

소파
인간이 무언가에 기댈 수 있는 것은
이런 간단한 가구 하나에 불과하면서도

타인

인간이 무언가에 기댈 수 없는 것은

이런 자신에게도 가혹하기 때문일까

개
벽

천지가 처음으로 생겼을 때
신은 인간에게 한 가지 조건을 걸며
자유를 주었다

세상을 바꿀 수 있는 열쇠를 찾으라고

천지가 흔들리고 월광이 뒤틀리는
혼란스러운 세상 속에서

사람들의 길잡이가 되어줄
신의 궁금증을 풀어줄
그런 열쇠를

신은 인간에게
존재의 의미를 찾으라 명령했다

세상이 개벽하지 못했으니
아직 찾지 못했던 것일까

마음을
주는 것

주는 것과 받는 것은 다르다
하늘을 주었다고 땅을 받을 수 없듯이
과거를 주었다고 미래를 받을 수 없듯이

주는 것과 받는 것은 다르다
인간의 마음은 고유해서
누군가에게는 마음이

하늘이자
땅이며
바다이자
초원이기에

주는 것과 받는 것은 다르다
그러니 누군가 당신에게 마음을 주었다면

그 누군가는 당신에게 세상을 준 것이다

4
0
4

누군가에게 다가가려고 했지만
다가갈 수 없었나요

당신은 노력을 했지만
그들이 노력을 경시했나요

하지만 당신은 죄가 없습니다

그들이 당신을 경시할지라도
그들에게 당신이 닿을 수 없더라도

그것은 당신의 잘못이 아니라
당신을 그들이 받을 준비가 되지 않았음이니까

비
고

비고
부모님에 대해 적는 칸의 끝에는
비고란이 있었다

특이사항을 적는 그곳이
내게는 어찌나 커 보였는지

사실은 그곳에
'없음'이라고 적고 싶었다

모두에게 일리고 싶었지만
나는 애써 '부재'라고 적었다

비고

내 인생의 비고는 부모님이었다

트
집

마음의 트집이라고 들어봤는가
더 나은 미래를 바라면서
현재에 충실하지 못한다고 생각하는

그런 당신이 하는 짓일지도 모른다

마음의 트집
잘하고 있으면서도 스스로를 질책하고
충분히 해냈으면서도 더 나은 자신을 바라고

그런 마음의 트집을
스스로에게 잡는다

그런 당신에게 내가 말한다
당신은 충분히 해냈다고
무리는 하지 않아도 괜찮다고

두려움에
떠는 이

이곳이 낙원이기에
다른 낙원은 없다고 생각했다

이곳을 벗어나려던 이들에게
비웃기만 했었지만

사실은 부러웠을지 모른다
이곳에서 도망치려는 이를
자유를 찾으려는 이를

나는 부러워했을지도 모른다

다
음

다음을 기다리는 것은 옳은가
다가오지 않은 다음을 기다리는 것이
진정 옳다고 말할 수 있는가

찾아오지 않을 내일을 기다리며
언젠가 내일이 올 것이라 믿으며
지금의 고통을 나중으로 미룬다면

당신은 이겨내지 못하리

오늘의 고통은 오늘로 이겨내고
다음의 고통을 내일로 미루는 것이
인간이 성장하는 방식이다

당신은 이겨낼 수 있으리

기
다
림

기다린다
어쩌면 영원히 오지 않을 너를
기다린다

'너'라고 부른 내 말에
서운함을 느끼지 않았으면 한다

너의 방문에 많은 이들이
내게서 떠났으니
언젠가 너는 내게도 찾아올 것이라고 생각한다

너는 무엇이었을까
영원한 안식인가
아니면
행복을 빼앗는 존재인가

하지만 나 역시
너를 기다린다

어쩌면 영원히 오지 않을 너를
기다린다

행복
이론

행복하려면
불행이 사라져야 한다

불행이 사라진다면
언젠가 행복도 찾아온다

행복이론
이것이 행복이론이다

행복한 이들만으로 이루어진 세상이라면
불행한 이들이 세상에서 사라져야 하는 것이
세상이라면
이는 불가한 세상일 테니까

행복이론

처음부터 행복이론은 존재하지 않으니

그러니

당신이 사라질 이유도 없다

장문의
편지

어쩌면 당신이 살아가는 것이
힘겹고 어려울 수 있습니다
이해합니다

이해한다는 말이
지겨울지도 모릅니다
공감합니다

공감한다는 말이
위선이라 생각할지 모릅니다
그래도 위로합니다

위로라는 것을
받고 싶지 않을 수 있습니다

하지만 당신이 살아있기에
내가 살아있다는 것을 알았으면 좋겠습니다

세상은 거울
또다른 세상에 살아가는 당신에게
당신은 어째서 그렇게 힘들어합니까

세상은 거울
이곳에서 살아가는 나에게
또 다른 내가 부디 행복했으면 좋겠습니다

죽는 것도
용기가
필요하다

죽으려는 용기로
살아가라는 말이
진심으로 도움이 된다고 생각하는지
한심할 따름이다

살아갈 용기가 없는 자에게
죽으려는 용기가 있다고 생각하는지
삶의 선택성이 두 가지라고 믿는 나에게
무엇을 바라는지

그렇게 생각하며 창문을 닫으며
밀폐된 이 마음속에
작게 불을 지핀다

연기가 피어오르며
흐르는 눈물은
아아, 후회이구나

또

또 그런다
마음을 고쳐먹으라고
그런 생각을 하지 말라고

당신이 듣는 그 소리가
지겹고 분개할지도 모른다
그런 당신을 이해하는 이가 없다는 것을

당신은 그렇게 생각할지 모른다

시인인 나는
또 사람들을 위로하는 시를 짓는다
글자가 늘어가면서

당신에게 건넬 위로를 찾는다
당신. 이 시를 보는 당신에게
진심으로 위로를 건넨다.

또 같은 소리지만
그럼에도 똑같은 말이라도 듣고 싶은 당신을 위해서
이 시를 당신에게

무
섭
다

두려움은 늘 그런 감정이다
무언가를 도전하기에 주저하는 것

무서워하지 않아도 된다고 하지만
사실 그걸 어떻게 하는지 모른다

손을 잡아주었으면 좋겠지만
잡아줄 사람이 없다

무섭다

그렇게 생각하는 당신에게
무서워하지 않아도 된다고 말하고 싶다

당신이 무슨 사람이든
두려워하는 당신의 편에서

조용히 손을 잡아줄 테니까

괜
찮
아

아무도 당신을 불러주지 않는다면
그 속에서 외로움을 느낀다면
당신에게 괜찮다고 말해주고 싶다

누군가를 위로할 시를
그런 시를 쓰는 것이 내 꿈이지만
시인이라는 나도 혼자다

어쩌면 이 순간에는
당신이 읽는 이 시가
나와 당신이 함께할 수 있는 길이라고 생각한다

괜찮다
괜찮다

감정이라는
것은

감정이 없었으면 좋겠다고
그렇게 생각한다

푸르른 하늘을 보고서
벅참을 느낄 수 없기를

환한 달을 보고서
아름다움을 느낄 수 없기를

넓은 바다를 보고서
전율을 느낄 수 없기를

차라리 그렇게 바라기에
이 세상의 아픔도
느낄 수 없었으면 좋겠다

힘들 때는
차라리

힘들 때마다
내가 사라지길 바란다

유서를 쓰면서
눈물을 흘리며

옥상에 오르며
마음을 잡으며

힘들 때마다
차라리 내가 사라지길 바란다

무지개 저 너머에
그 세상에는
내가 있기를 바란다

선
택

두 가지 실이 있다

한 실은 영원히 이 세상을 살아가는 것
다른 실은 편안히 이 세상을 떠나는 것

내가 무슨 선택을 할지
사실 그 누구도 알 수 없다

마음속 숲에서 멀리 뻗은
실을 따라가다 보면
무슨 선택을 하든

고난이 있을 거라고 말해준다

나
도

나도 누군가에게 기댈 수 있으면
좋았을 텐데

행복이라는 감정을 느낄 수 있으면
좋았을 것 같은데

하지만 나는 그렇지 못해
안타깝기만 하다

나도
어쩌면 나도
행복할 수 있지 않을까

감정을 느낄 수 있다면

어쩌면 나도

나도

나도 누군가에게 기댈 수 있다면

지
금
은

지금은 힘들지라도
살아가면 괜찮아진다

시간은 당신의 편이지만
모두에게 흐르기에

시간이 흐르며 당신을 위로한다

당장은 힘들고 괴로워도
언젠가 괜찮아지길 희망한다

당신에게 지금은
어떤지 묻고 싶으니

그
사람들은

그 사람들은
나의 웃음 뒤에 숨겨진
내면을 모른다

어둡고 무너지는 나를
희망이 무너지는 나를

아무래도 모를 것이다

힘겹게 버티는 나에게
당신이 나에게 온다면

그렇다면
그 사람들을 버리고
당신에게 달려가리

매일 바보 같이
웃는 아이

매일 바보처럼 웃는 아이가 있다
돌을 맞아도 웃는 아이가 있다
웃음이 끊이지 않았던 아이가 있다

그 누구보다 행복하던 아이의 죽음에

사람들은 웃지도
사람들은 울지도

아무것도 하지 못하고
그저 멍하니 있을 뿐이었다

나는
좋은 사람이
아니다

당신에게 나는 좋은 사람이 아니다
타인에게 상처를 주는 나는
좋은 사람이 아니다

살아가기 위한 나를
모두가 퓨즈처럼 써주었으면 좋겠다

딱 하나의 과전류를 막기 위해서
그러기 위해서 끊어지는 퓨즈처럼

나의 삶이 그렇게 의미 있기를 바라며
나는 좋은 사람이 아니라는 것을
믿어주었으면 좋겠다

이
별

이 별이 너의 별인지
저 별이 너의 별인지

이미 세상을 떠난 네가
어딘가에 남아있기를 바라며

밤하늘을 바라보며
저 별이 너라고 생각하며

오늘도 그 별을 보며 버틴다

너
에
게

이 별이 너의 별인지
저 별이 너의 별인지

이미 세상을 떠난 네가
어딘가에 남아있기를 바라며

밤하늘을 바라보며
저 별이 너라고 생각하며

오늘도 그 별을 보며 버틴다

기
다
린
다

언젠가 찾아올 날을
바라고 있다

그날이 온다면 모두가 웃을 것이고
그날이 온다면 당신은 울어줄 것이다

기다리며
기다리며

나의 성공을 기다리며
모두에게 보여줄 것이다

기다리며
그날을 기다리며

혼자 있고
싶은 밤

홀로 있고 싶은 밤에
당신이 그리는 그림이 세상을 품으며
작은 그림일지라도

세상의 작은 밤하늘에
거대한 그림을 매달아

홀로 걷는 거리에
밤하늘이 당신을 품으며

당신의 세상이 검은 하늘에
그림으로 남아

혼자 있고 싶은 그림을

카
페
인

피 대신 흐르는 것이 있을까
굳이 밤을 지새우기 위해서
어쩔 수 없이 피 대신 흐르는 것

밤은 깊어가고
별은 운동을 시작하는 때

어째서 우리는
카페인 하나로 우리는
또 다시 오늘을 이어가고

어째서 우리는
고작 일 때문에
또 다시 건강을 잃어가고

어째서 우리는

카페인이라는 것으로

하루를 살아갈까

하
마

하마처럼 살자
자기 영역만 지키면서
자기의 일만 하면서

우린 하마처럼 살자

하마처럼만 살자
타인에게 피해를 주지 않으며
오로지 자신을 위해서

하마처럼만 살자
그랬다면 우리는 더 나은 세상에서
하마 같은 삶을 살지 않았을까

솔
의

눈

소나무는 바란다
바람이 불어 나의 꿈을 날려주길

소나무는 바란다
언제나 굳건하게 있는 나를
누군가는 버티지 않아도 괜찮다
그렇게 말해주길

소나무는 바란다
이 밤에 나 홀로 하늘을 보아도
소나무의 눈을 알아주는 사람이 있기를

오늘도 우는 소나무의 눈은
솔의 눈이었다

실
론
티

누군가는 그저
맛없는 음료라고 생각할지 모른다

고작 이런 음료 하나에
누군가는 역함을 느끼고
누군가는 혐오를 느낀다

그저 음료 하나일 뿐인데
누군가에게 혐오의 대상이 된다는 것이

어쩌면 안타까울지 모른다

우리처럼
고작 아무것도 아닌 일에
혐오하는 우리처럼

누군가는 그저
맛없는 음료라고 생각할지 모른다

시제가
없는
시인은

시제가 없는 시인은
연필이 없는 작가와 같다

이야기를 써낼 수 없기에
세상을 만들 수 없고

키보드 위 현란한 손가락은
멈추며 갈 길을 잃고

시제가 없는 시인은
갈피를 잡지 못하고

시제가 없는 시인은
무작정 세상을 탐구하며

또 다른 시제를 찾는다

어쩌면 시제는 이런 시인을 보고서
시를 짓고 있을지도 모른다

자
전
거

페달을 밟고 앞으로 나아간다
숲을 지나서
언젠가 보았던 우물을 지나

급하게 그곳으로 간다

우리는 늘 말했다
우리가 어른이 된다면
서로의 짝이 되어주기로

어른이 되기 전에 나는
그 말에 너무도 기대하며
사랑을 몰래 속삭였다

급하게 페달을 밟다가
자전거가 쓰러지고서

나도 그 자리에 쓰러 앉아
일어서지 못했다

서로의 짝이라고 생각했던 나는
서로의 짝이 되자고 약속한 우린
결국 만나지 못했다

자전거를 더 밟았더라면
죽기 전 네 마지막 목소리를 들을 수 있었을 텐데

육
교

육교에서 내려다본 바닥
어찌나 아득한지
다리가 후들거릴 정도였다

이대로 끝내도 괜찮을까
그리 생각하며 마지막으로 전화기를 열어
마지막 남은 사람들에게 전화를 돌려

잘 지내
나 없이도 잘 지내야 해

이 말을 하기까지 얼마나 오래 걸렸는지
이제야 마음을 편히 먹고 트럭이 지나가는 도로에
몸을 내던진다

아

저 멀리 급히 달려오는 사람이

나의 어머니가 아니었으면 좋겠는데

안
대

내 눈을 가릴지라도
진실을 들은 귀는 바뀌지 않는다

세상이 내 눈을 가릴지라도
어쩌면 세상이 내 눈을 가릴지라도

나는 정의를 위해 싸울 것이다

내 눈이 안대로 가려지더라도
고작 안대가 진실을 막을 수는 없다

종이로 깨진 항아리에서 쏟아지는 물을 막을 수 없듯이
안대로 진실을 갈구하는 나의 눈동자를 막을 수 없다

나는 정의를 위해 싸울 것이다
나는 진실을 위해 싸울 것이다

거
울

또 다른 세상을 바라보는 매개
그 어쩌면 다른 세상을 바라는 매개

나는 또 다른 세상을 원한다
그곳은 부디 평화롭고 아름다운 세상이라 믿는다

나는 또 다른 세상을 믿는다
그곳은 부디 평등하고 자유로운 세상이라 믿는다

또 다른 나에게
거울 속 또 다른 세상에 있는 나에게

너에게 미안하지만
너에게 나른 세상인 나는
여기까지인 것 같아

책
꽂
이

도서관 속
나는 멍하니 나의 책을 찾는다
수천, 어쩌면 수만 권의 책이 있는 이곳에서

나는 고작 조그마한 나의 인생을 찾는다

책은 수많은 책꽂이 사이에 갇혀있으나
각자의 매력을 뽐내며 어필하지만
나의 인생은 그 어디에도 속해있지 않았다

결국 나의 인생을 이 수많은 책꽂이를 다 뒤지고서야
한 권 찾았다

색이 바래진 그런 책
나의 인생은 그 정도였던 것이다

절
경

가벼운 마음으로 올라간 산은
어지러울 정도로 아름다운 장관이 펼쳐져 있었다
아름다움
그것으로 형용할 수 없을 정도의 이야기를

나는 그다음의 이야기를 담아
세상에 흘려보낸다

기적을
바라던
벚꽃

생에 마지막이 될지도 모르는
어쩌면 지금이 마지막일지 모르는

그런 날

무거운 링거를 끌고서
천천히 나와서 본 세상은
애석하게도 너무나 아름다웠다

마지막 잎새처럼
저 벚꽃이 모두 떨어질 때까지
그때까지 기다리기로 하며

그 아름다운 벚꽃을 바라만 보다가
문득 생각한다

저 벚꽃잎 하나를 잡기 위해서
내년에도 살아보자고

나의 손에 잡힌 그 벚꽃은
어쩌면 나의 기적을 바라던 것일지도 모른다

꿈을 이루지
못한 이

천부적인 재능이
미래가 결정되지는 않아

어쩌면 천재가
운이 나쁘다면
그것이 저주고
그것이 불행이기에

천부적인 재능이
그러니까 천재라고 해서
미래가 결정되지는 않아

울지
마렴

우는 아이에게
울지 말라고 소리쳐도
울음을 멈추지 않는다

공감하지 못하면
위로하지 못하기에

이해할 수 없다면
위로하지 못하기에

결국 그렇기에
울지 말라는 말은 하지 말아야 한다

당신도 그것이 정답이 아니라는 걸
이미 알고 있으니까

고통
이란

고통이란
더는 버티지 못함이 아니라
버티는 정도를 말한다

고통이란
아픔이라는 단어로 정의될 것이 아니라
그저 고통이라는 말 자체로 정의된다

고통이란
누군가에게 보이지 않으려
억지로 숨기는 것을 말한다

고통이란
지금 내가 느끼고 있는 이 허무함을
아프다고 느끼는 것을 말한다

나
는

나는 그저 당신을 그릴 뿐이오
언젠가 당신이 내게 온다면
난 그저 당신을 반길뿐이오

어째서 이제야 오셨소
이제야 오셔서 고맙소

당신이 있었기에
나는 신을 믿을 수 있었소

친애하는 신에게
감사하오

행복함을
느끼지 못하는
소년

행복
그것이란 무엇일까

그저 기쁨의 상급 정도인가
슬픔의 반대말일까

행복이란 무엇일까
저 멀리에 있는 무지개의 끝을
행복이라고 부르는 걸까

존재하지 않는 것을 믿는걸
행복이라고 부르는 걸까

행복이란 무엇일까

행복이란

나에게 행복이란

그저 오늘을 평범하게 보내는 것

사
랑
시

사랑시
사랑을 원하는 이가
사랑하는 이에게 부르는 시

나는 사랑시를 잘 쓰지 못한다
사랑이란 감정을 이해하지 못하며
사랑이라는 것을 알지 못하니

시인으로서 실격이지만
나는 역시 사랑을 모른다

어쩌면
그래서 내가 혼자였을지도 모르겠다

사랑의 개념을 잘못 이해한 나는
사랑이 무엇인지 모른다

하
루
가

하루가
내 하루가 망가지고

망가진 하루가 내일을 망친다

머리를 뒤흔드는 과거의 기억이
오늘 하루의 재앙이 되고

감정을 억누른 마음이
이 하루를 망치려고 한다

하루가
내 하루가 망가진다

하루가
내 모든 것이 무너진다

글

나의 꿈은 작가였습니다
글로써 사람을 위로하는
작가가 되고 싶었습니다

지금은 비굴한 시인이지만
언젠가 세상에 내 소설을 내리라 믿습니다

글이란 그렇습니다
이렇게 하찮은 글이
당신에게 닿을 수 있기에

그것이 기적이 아니면 무엇이겠습니까

지금은

과거를 그리워한 어린 내가
이제는 미래를 두려워한다

그때나 지금이나
결국 현실을 살지 못하고
과거에 머문 나는

어쩌면 어리석은 사람일지도 모른다

과거의 나에게 죄를 지었던 나
그런 나는 평생을 죄책감을 안고 살아간다

지금은 여전히
죄책감을 안고 살아간다

만일 내가 그때

라고 생각하며 말이지

장래
희망

너는 장래에 무엇을 하고 싶느냐는
선생님의 말씀에
나는 조용히 중얼거렸다

자유를 찾고 싶다고
자유로운 새가 되고 싶다고

선생님은 웃으셨고
아이들은 비웃었지만

나에겐 그 꿈이 진심이었다

보아라
지금 나는
하늘을 날고 있다

깊은 밤
나 홀로

어떨 때는 푸른색의 빛이
세상을 감싼다

그럴 때면 조용히 산책을 나오며
시를 중얼인다

어떨 때는 붉은색의 빛이
세상을 감싼다

그럴 때면 조용히 집 안에서
세상을 꿈꾼다

밤

늦은 밤은 늘 검은색이지만

밤이 되기 전 세상은

늘 새롭기만 하다

지
우
개

기억을 지워준다면
가장 슬펐던 기억이 아니라
가장 기뻤던 기억을 지울 것이다

당장 내가 죽더라도
세상에 미련이 남지 않도록
당장 내가 아무런 미련 없이
사라질 수 있도록

인생의 처음에서
인생의 마지막까지
아무런 미련이 없도록

이런 나의 소망을 이루어줄

지우개가 있다면

만약
내가
죽는다면

만약 내일 내가 죽는다면
한 그루의 사과나무가 아닌
타임캡슐을 묻을 것이다

먼 미래 누군가가
이곳을 찾을 때
내가 살아있었노라 증명하기 위해서

만약 내가 죽는다면
세상을 향해 소리치고 싶다

모두 후회 없는 삶을 살라고
인생은 한 번뿐이라고

만약 내가 지금 죽는다면
조용히 책을 읽고 싶다

마지막 나의 모습이
누군가에게 모범이 될 수 있기를

가
족

가족은 소중하다
그 사실을 나는 몰랐다

전혀 알 수 없었다
사랑이라곤 받은 적이 없던 내게
가족의 정은 부담이었다

전혀 알 수 없었다
아무런 대가 없이 무언갈 받지 못했던 내게
대가 없는 선물이 있으리라곤 생각도 못했다

전혀 알 수 없었다
내가 아파서 우는 가족이
어째서 그들이 우는 것인지 이해할 수 없었다

전혀 알 수 없었다

내가 왜 이들을 생각하며

오늘을 살아야겠다고 생각하는지

언젠
가는

언젠가는 만나겠지
너를, 나를 고통 속에 밀었던 너를

언젠가는 만나겠지
시련이라는 이름으로 불 속으로 떠민 너를

언젠가는 만나겠지
전지전능한 존재라며 우리를 열등히 보던 너를

언젠가는 말하겠지
그 모든 것들은 당신의 착각이었다고

나 홀로
시간을
보내다

1년

걸음마를 시작한 나는

2년

점차 성장하기 시작했고

3년

그렇게 나이를 먹어가고

4년

죽어가기 시작한다

5년

10을 채우기 위해 살아가고

6년

9는 채울 수 있을지 걱정한다

7년

이제야 인생에 대해 깨닫고

8년

점차 죽음을 기다린다

9년

예상치 못한 결말에

절망하면서도 인정한다

격
리

세상이 나를 격리한다면
언젠가 말하고 싶다

내가 세상을 격리했다고

부정하고 불합리한 세상이기에
사람들이 받는 상처는 늘어가고

아픔이 많은 사회이기에
죽어가는 이들이 많은 거라고

격리되는 것은
내가 아니라 세상이다

삶
그리고
나

저 푸른 바다를 건너는
유람선 하나
그 위에 있는 하얀 깃발

저 배를 보며
언젠가 돌아올지 모른다며
하얀 손수건을 흔들며

그리고 나
홀로 걷는 사장에서
족적을 남기며
바다에 족적을 남기며

다시 돌아올 때
흐려진 족적을 보고서
바다의 흐름을 읽으며

저 먼 파도와
그리고 나
떠나간 유람선을

눈과
비

눈이 녹아 비가 된다는 말을
나를 좋아한다

저 먼 하늘에서
우리를 위해 뿌린 소복한 눈이
책임감을 견디지 못하고
녹아버리는 그들이

구슬픈 눈물을 흘리며
세상으로 추락한다

눈이 녹아 비가 된다면
아마도 지금 내 눈물도 눈이지 않을까

시간의
흐름

시간의 흐름은
곧 무언가의 사라짐을 뜻한다

누군가에게는 기억
누군가에게는 의욕
누군가에게는 희망

시간은 잔인하기에
모두에게 공평히 무언가를 가져간다

시를 쓰는 내게도
시간은 감정이라는 소중한 보물을 가져간다

인간
관계론

인간은 타인을 원한다
그 타인은 누군가 자신을 원한다는 사실을 안다

인간관계론
이것은 정확하면서도 잔인한
하나의 이론

인간은 늘 새로움을 찾고
이전에 있던 타인은 버려진다

인간관계론
이것은 정확하면서도 잔인한
하나의 이론

인간은 늘 상처를 주고
자신이 준 상처를 잊는다

인간관계론
이것은 정확하면서도 잔인한
나의 이야기

거
짓

거짓이다
그것은 거짓이다

내가 사랑하는 이의 죽음
그럴리가 없잖나
거짓이다 그것은 거짓이다

그러면서 급하게 달리다가
무릎을 다치고서
발목을 접질리며

그렇게 도착한 병원에
싸늘하게 식은 네가 있었다

거짓이다

그럴 리가 없잖아

잿빛
하늘

꿈이었다

노을이 붉게 물든
붉은 하늘에서는
너희를 맞이하는
빛이었다

나는 그저 그렇게
그런 모습을
그런 너희를 바라보며
그렇게

나는 천천히 그렇게
아주 천천히

너희의 반대편 하늘인
잿빛하늘로

세상의 희망인 너희가
나라는 그림자에 지워져
잊혀지지 않도록

나는 그렇게 천천히
아주 천천히
홀로 잿빛하늘로 걸어간다

위
로

비가 위로 올라간다
하늘이 변덕을 부리는지
내렸던 비가 올라간다

내가 올라간다
떨어지던 내가 위로 올라간다
굳은 다짐이 무너진다

위로 올라간다
흘렸던 눈물이 눈으로 들어간다

그제야 알았다
내가 죽었다는 것을

후회의
집

후회를 하기 위해
들어가는 집이 있다면
당신은 믿을 수 있는가

사람은 늘 실수를 한다
자신에게 혹은 타인에게
그리고 용서받지 못하는 경우

후회를 한다

후회의 집
나는 후회의 집에 들어가
영원히 하지 못할 사과를 한다

과거의 나에게
괴로웠던 과거의 나에게
나만 행복해서 미안하다고

어두운
길을
지나길

어두운 길을 지나길

아무도 없어도 어두운 길은 있으니
슬프거나 아프거나 기쁘더라도
어두운 길은 있으니

그 길을 지나는 나의 이야기가
어두운 길을 지나간 이야기로 기억되길

그 길을 지나는 나의 이야기가
너에게 희망을 안겨주는 새로운 빛이 되길

어두운 길을 지나길

별과 시를
보는 시인

시인은 별을 좋아한다
어쩌면 그 이상의 것들을
어쩌면 그 이하의 것들을

시인은 생각한다
이 세상에 모두가 시를 이해할 수 있으려면
모두의 수준이 올라가는 것이 아닌
시가 읽기 쉬워야 한다고

별을 보는 시인은 떨어지는 별에 소원을 빈다
올해 안에 작가가 되게 해달라고
열심히 할 것이니까
제발 제 소원을 이루어 달라고

그렇게 쓴 시들은
결국 빛을 보게 되었다

포기하지 마라
별과 시를 보는 시인이 하는 말이다

어떤 일이든
어떤 고난이든

당신은 포기하지 않았으면 좋겠다

별과 시 그리고 당신

초판 1쇄 발행 2024년 10월 18일
초판 1쇄 인쇄 2024년 10월 18일

지은이   콘딧

디자인   포레스트 웨일
펴낸이   포레스트 웨일
펴낸곳   포레스트 웨일
출판등록   제2021 - 000014 호
주소   충남 아산시 아산로 103-17
전자우편   forestwhalepublish@naver.com

종이책   979-11-93963-52-4

작가님들과 함께 성장하는 출판사
포레스트 웨일입니다.
작가님들의 소중한 원고를 받고 있습니다.
forestwhalepublish@naver.com